刺青

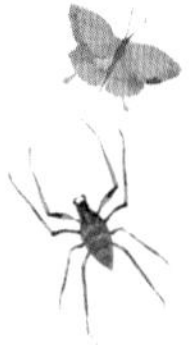

谷崎潤一郎＋夜汽車

首次發表於「新思潮」1910年11月

谷崎潤一郎

明治19（1886年）生於東京。東京帝國大學國文科肄業。在校期間與文學同好二度創辦《新思潮》同人刊物，並且發表〈刺青〉等知名作品。代表作包括《痴人之愛》、《春琴抄》、《陰翳禮讚》與《細雪》等。《少女的書架》系列除本篇作品之外，尚有《魔術師》（谷崎潤一郎＋檑）以及《祕密》（谷崎潤一郎＋松尾裕美）等。

繪師・夜汽車

插畫家。喜愛繪製少女與十九世紀末期題材的插畫繪圖師。創作時講究恬靜淡雅的懷舊風格。作品包括《夜長姫與耳男》（坂口安吾＋夜汽車）、《童話古書店的幻想裝幀畫》以及《ILLUSTRATION MAKING & VISUAL BOOK 夜汽車》等。

在那個年代，世人依然秉持著「凡愚」的崇高品德，彼此間亦不若今日這般猜忌嫌隙與勾心鬥角。在那個歌舞昇平的繁華盛世，司茶人和助興藝人憑藉妙語如珠的嘴上功夫，即可博得豪門宅邸的老爺與公子喜笑顏開，還能逗得宮廷侍女和青樓名妓眉歡眼笑。當時的戲劇和附有插圖的通俗小說，諸如《女定九郎》、《女自雷也》以及《女鳴神》的故事人物，無不將美人褒讚成強者，把醜人貶抑為弱者。人人為讓自己變得更美而甘願付出任何代價，甚至不惜於受之父母的體膚施上彩雕。濃郁的線條，絢麗的色彩，在紅男綠女的肌膚上各自展現出活靈活現的姿影。

尋歡客通常會指定擁有斑斕紋身的轎夫沿著馬道將他們送抵目的地，在吉原或辰巳執壺賣笑的藝妓也對擁有瑰麗紋身的男人青睞有加。別說那些賭徒和建築工了，就連工匠、商人甚至是少數武士的身上也不乏刺青。刺青賽事經常在兩國舉行，參賽者會豪氣地拍擊身軀，互相炫耀與品評身上獨特新穎的圖案構思。

有位年輕的刺青師名叫清吉。他才華洋溢，名氣響亮，高超的技藝絕不亞於淺草的茶利文、松島町的奴平以及愬愬次郎等知名師傅，迄今已有數十人的肌膚化為他筆下的絲絹畫布。在賽事中備受好評的刺青多是他的精心之作。一般而言，達磨金格外精擅渲染刺法，另一位唐草權太是朱刺法的名家，而清吉則以別出心裁的構圖和妖嬈魅惑的線條而聲名遠播。

清吉向來欽慕豐國國貞的畫風，一度矢志成為浮世繪畫家，無奈力不從願，淪為一介刺青師，但仍秉持著畫家的自律精神與重視細節的洞察力。登門求刺的顧客，除非肌膚和骨架的狀態吻合他心中的標準，否則他是不屑動針的。即便好不容易得到首肯，不僅必須答應他提出的圖案構思與酬金金額，還得忍受長達一兩個月的皮肉之苦。

這位年輕刺青師的內心暗藏著某種神祕的喜悅與心願。當他持針戳入人們的身體時，就連絕大多數的硬漢都難以忍受那皮膚被底下溢流而出的鮮血撐得腫脹的劇烈疼痛，必定發出痛苦的呻吟。並且，對方喊疼的聲音愈大，愈能讓他享受到某種無法形容的愉悅。他尤其偏愛使用在刺青的技法當中最為疼痛的朱刺法和渲染刺法。接受刺青的人往往每天得被刺上五、六百針，還要浸在熱水中以使色料被牢牢吸附在肌膚裡面。經不起這番折騰的人，在出浴之後無不奄奄一息地倒在清吉的腳邊，根本沒辦法動彈。清吉總是冷眼望著對方的慘狀，洋洋得意地笑問：

「想必疼得很吧？」

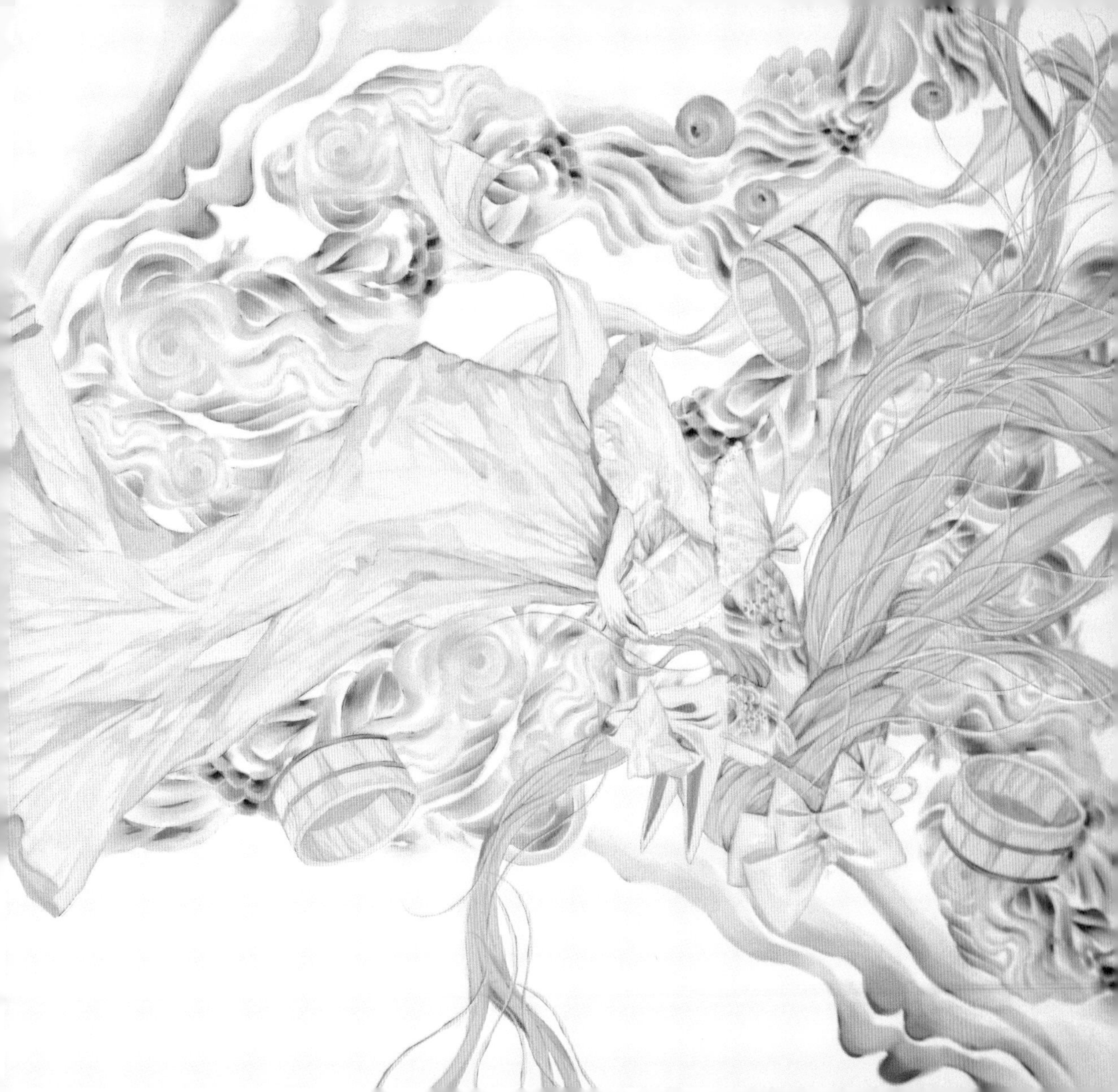

假如碰上窩囊的男子猶如垂死掙扎般痛得齜牙裂嘴哇哇大叫，清吉就會嘲諷道：

「好歹是條江戶漢子，忍著點吧……清吉大爺我下針本就特別疼哩！」

他鄙夷地斜睨那張噙著淚水的面孔，自顧自地繼續刺青。

倘若遇到堅強的男子面不改色地咬緊牙關撐下去，清吉便會咧嘴笑道：

「唔，沒想到挺能忍的嘛……等著瞧，再過一會兒包管你疼得哀求告饒！」

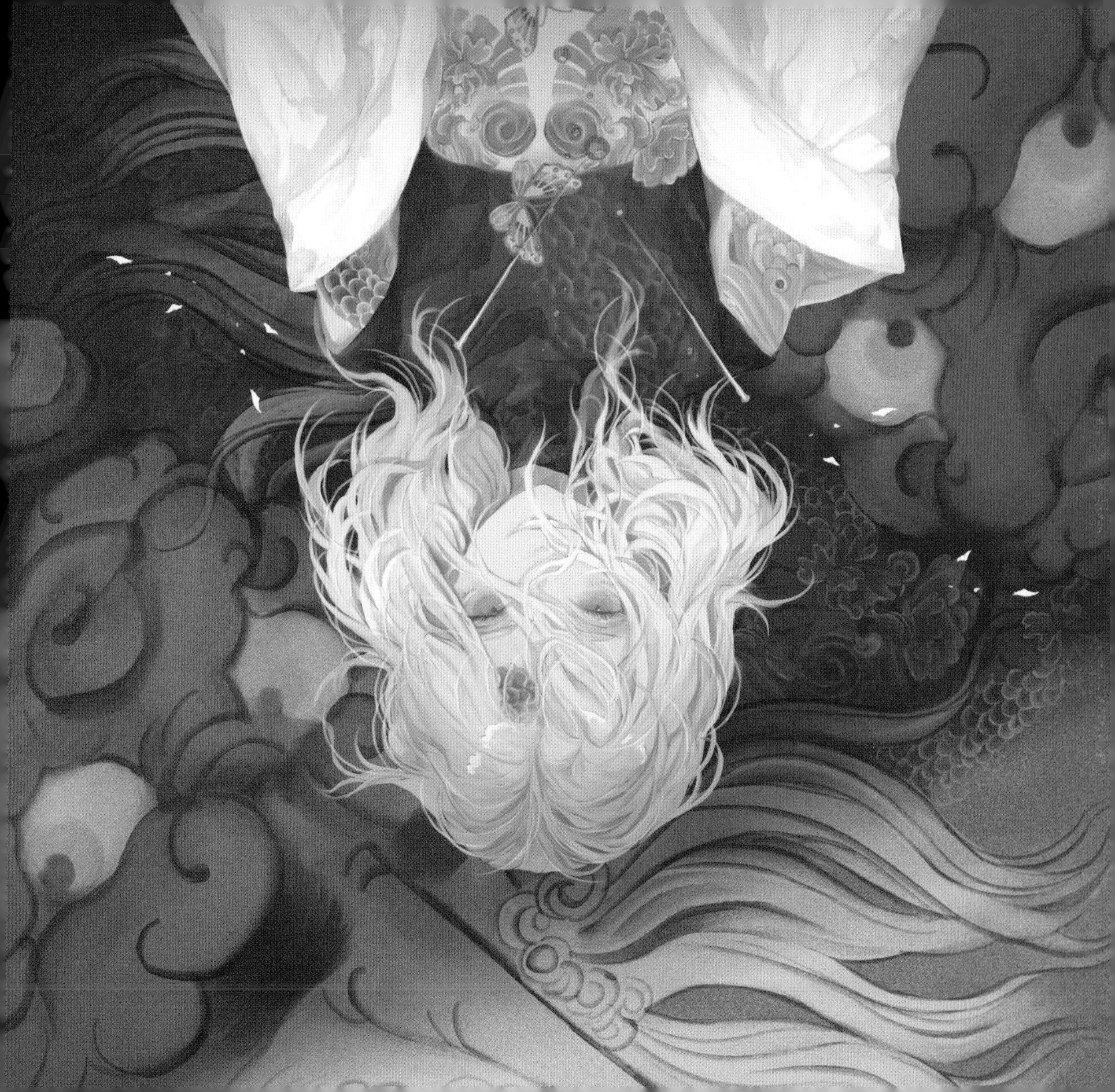

長久以來，他夢寐以求的便是藉由手中的刺針，將自己的心魂傾注於某個貌美姑娘那光潔潤澤的肌膚上。對於這個姑娘的資質與長相，他有著相當嚴格的要求。單是面容姣好、肌理柔嫩，並不足以令他滿意。舉凡江戶名妓他全看過一遍了，依舊沒能覓得理想的人選。他在心中細細描繪著那位尚未謀面的姑娘完美的身形樣貌。就這樣，三、四年過去了，他雖依然未能一償夙願，但始終不曾放棄這個心願。

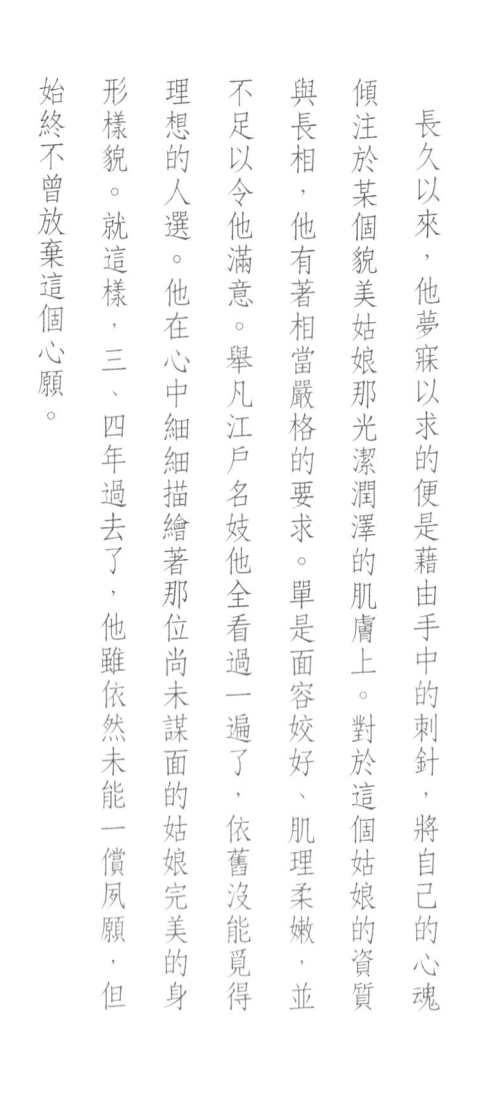

清吉就這樣等到了第四年。某個夏日黃昏，途經深川一家平清飯館時，他無意間瞥見店門前歇著一頂轎子，隱約可看到轎簾裡面坐著一個姑娘露出了白嫩的裸足。慧眼獨具的他認為一個人的腳和臉同樣有著千變萬化的神情。轎內姑娘的美足令他如獲至寶。從拇趾到小趾的五根腳趾纖巧而端整，趾甲的顏色可比在繪之島海灘拾得的粉紅貝殼，腳跟圓潤如珠，膚如凝脂，彷彿長年經過岩縫流出的清泉淘滌與滋潤。這雙美麗的裸足，即將得到男人鮮血的滋養；這雙美麗的裸足，遲早會踏踩在男人的身軀上。他非常清楚，擁有這雙美足的姑娘，便是自己尋覓多年那萬中選一的鳳凰！難掩興奮的清吉拚命追趕那頂轎子，只求得見美人一面，可惜追了兩三町，仍舊眼睜睜地望著它絕塵而去。

清吉的想望逐漸變為濃烈的情意。這一年就這麼過去了。到了第五年的春殷時節，某天早晨，他在深川佐賀町的家中閒來無事，叼著牙籤欣賞斑竹簷廊上的萬年青盆栽時，庭院的木便門那邊有人影閃現，接著一個沒見過的小姑娘沿著矮籬走了進來。

原來是與清吉相熟的辰巳藝妓差遣來送東西的。

「姐姐吩咐我把這件外褂交給師傅，託您在衣裳的內裡隨意畫些花樣……」

小姑娘解開薑黃色的包袱，取出使用貌似岩井杜若肖像畫的圖紙包裹的一襲女用外褂，還有一封信。

信上央請清吉於外褂作畫，並於信末附註，自己與差遣去的小姑娘情同姐妹，小姑娘將於近日出道接客，請清吉惠予關照之餘也別忘了自己。

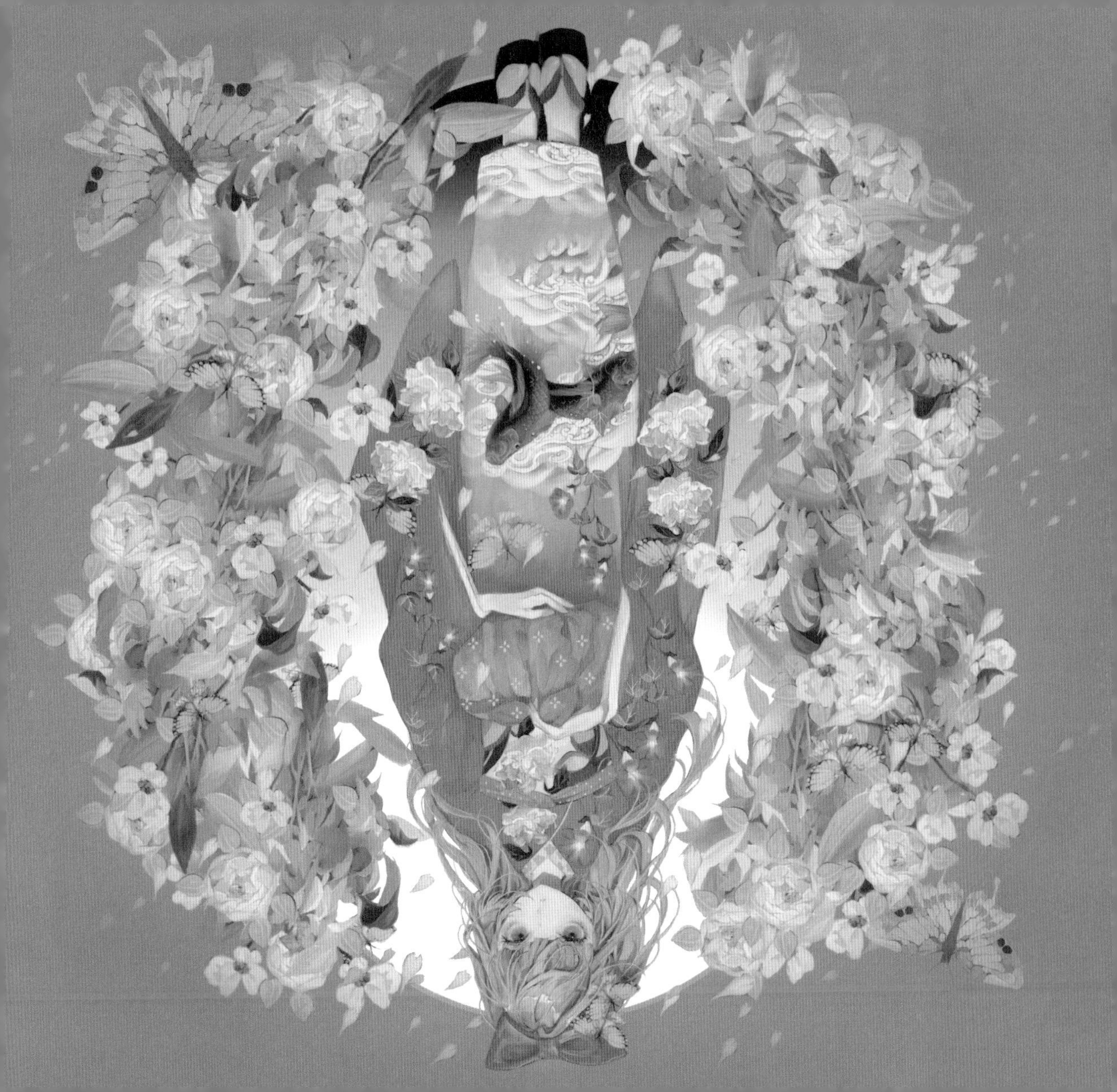

「我們好像沒見過面，這麼說，妳剛來不久？」

清吉說罷，上下打量著眼前的小姑娘。年紀看來頂多十六、七，卻因住在花街柳巷，竟然流露出勾魂攝魄的綽約風姿，足以令許多男人拜倒在石榴裙下。她那國色天香的容貌，宛如是從這紙醉金迷、罪惡淵藪的天下都城裡歷經多次生死輪迴的無數俊男美女的旖旎夢境中橫空出世的絕代佳人！

「約莫去年六月，妳是否曾從平清搭轎離開？」

清吉問道。他示意姑娘在簷廊坐下，端詳著那雙擱在高級備後榻榻米踏台上的小巧裸足。

「是的。那個時候家父還在世，我常回去平清探望。」

小姑娘笑著答覆這個突如其來的問題。

「我已經足足等妳五年了。雖然現在才見到面，可是我記得妳的腳。……我拿些東西給妳看，先進屋坐坐。」

小姑娘原已準備告辭，清吉讓她留步，牽起她的手帶往可以欣賞大川河景的二樓客廳。他取出兩卷掛軸，在她面前先展開其中一卷。

那幅掛軸畫的是古代暴君紂王的寵妃妹喜。畫中女子嬌弱的身軀彷彿難以負荷那頂沉甸甸的鑲嵌紫柔星珊瑚的黃金頭冠，軟綿綿地斜倚於欄杆，身上綾羅華服的裙襬披垂於階梯中段，右手端飲一大杯酒，憑眺底下那名被當成祭品即將慘遭行刑的男子。無論是妃子的狐媚姿態，抑或那個在妃子面前手腳被鐵鍊縛於銅柱、垂頭閉眼等著死期臨頭的男子的面色如土，全都畫得生動逼真。

小姑娘目不轉睛地盯著這幅詭異的畫作良久，眼神漸漸發光，嘴唇微微哆嗦。看著看著，她的五官神韻居然與妹喜愈來愈神似了。小姑娘已經從畫中洞悉了「自己」的真實樣貌。

「妳心裡的想法，全都在這幅畫裡了！」

清吉看著小姑娘臉上的表情，笑得頗為得意。

「為什麼要把這麼可怕的東西拿給我看呢？」

小姑娘抬起頭來，面色慘白地問清吉。

「因為畫中的女人就是妳！妳的身上一定流著她的血！」

接著，他又展開了另一卷畫軸。

那幅畫的名稱是〈肥料〉。畫紙中央有個年輕女人倚著櫻樹的樹幹，視線落在倒臥於腳邊的一具具男人的屍身上。一群啼唱著勝利歌聲的鳥兒圍繞著女人翩翩飛舞，而她的眼眸則流露出滿滿的欣喜和榮耀。這一幕情景畫的到底是交戰過後的滿目瘡痍，還是花園裡的明媚春光呢？——被逼著觀看這幅畫的小姑娘不禁好奇地想知道深藏在自己心底的究竟是什麼樣的想法。

「這幅畫就是妳的未來！躺在地上的這些人，都是日後要把命獻給妳的人。」

清吉揚手指向畫中那個與小姑娘五官神似的女人，如此解釋。

「求求您，快把那幅畫收起來吧！」

小姑娘彷彿想躲開誘惑般，扭過身去伏向了榻榻米。片刻過後，她重又輕啟哆嗦的唇瓣說道：

「師傅，我認了。您說得對，我的本性和畫裡的女人一樣……請您行行好，把它拿開吧！」

「別那麼膽小，睜大眼睛好好把這幅畫看個仔細！只要多瞧幾眼，就不會害怕了。」

清吉說著，嘴角又浮現了促狹的笑意。

小姑娘久久不願抬起頭來，仍是伏身將臉埋在襯衣的衣袖底下，一再求饒：

「師傅，求您高抬貴手，放我走吧。我不敢待在這裡了……」

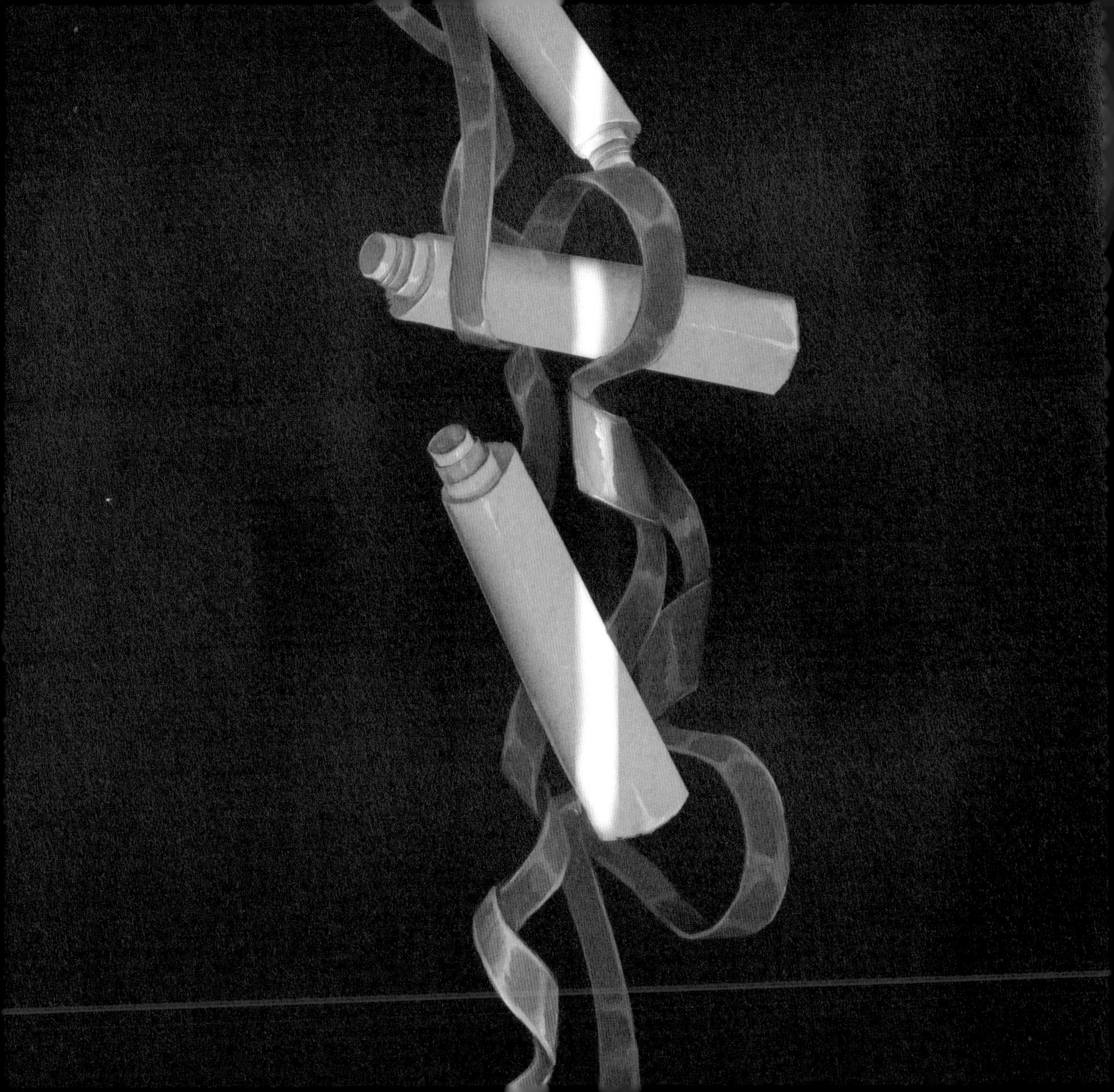

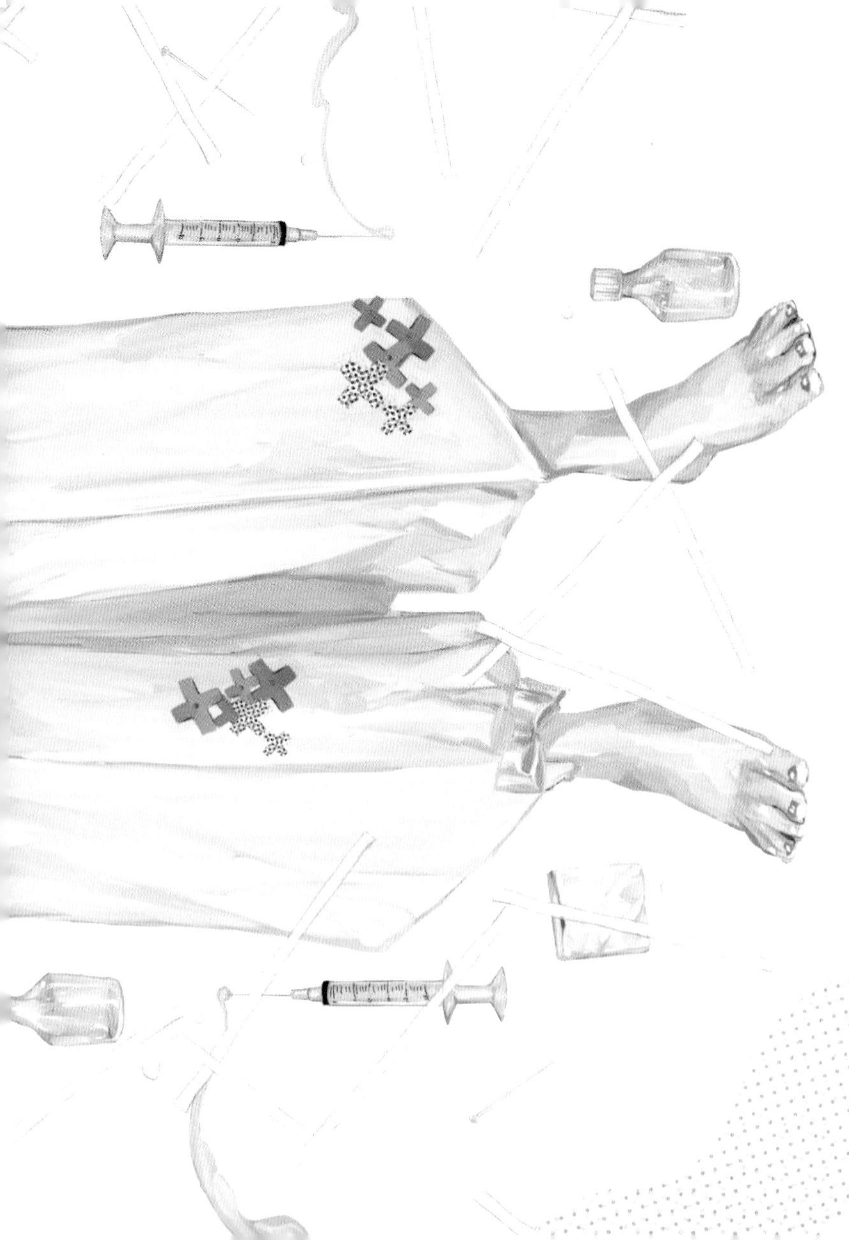

「別急著走，我要把妳變成一個美若天仙的女人！」

說著，清吉神色自若地靠近小姑娘。他的懷裡揣著從擅長西洋醫術的大夫那裡取得的麻醉藥瓶。

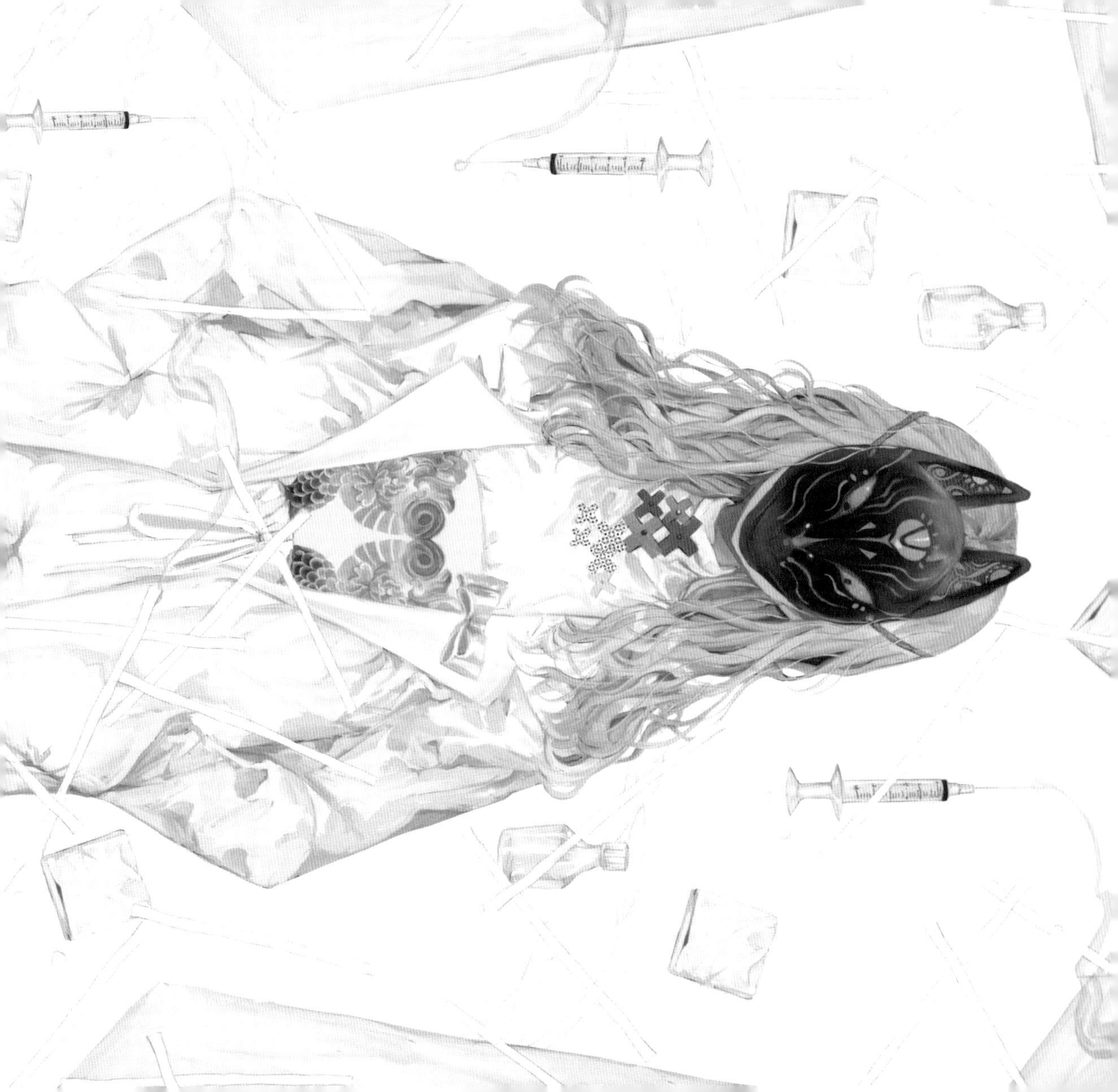

日光明媚，照射河面，亦將八張榻榻米大的客廳映得赤紅如焰。由水面折射的光線，分別在小姑娘熟睡的天真臉龐上，以及拉門的門紙上，投下了金燦耀眼的波紋。清吉合攏了房間的隔扇，拿起刺青的工具之後卻看得渾然忘我。直到這一刻，他終於得以好整以暇地端詳她清麗脫俗的相貌。哪怕要他坐在這裡十年甚至百年直勾勾地盯著面前這張安謐的容顏，也絕不會有看厭的一天。如同古老的孟斐斯人為了榮耀神聖的埃及而砌建了金字塔和獅身人面像，清吉也要將自己對她的愛憐透過色料傾注於皎潔的肌膚上。

他就這麼欣賞了好半晌，這才開始用左手小指和無名指夾握的畫筆在姑娘的背脊落下一筆，然後以右手持針在同一處戳刺。這位年輕刺青師的心魂融於墨汁，滲入肌膚。兌了燒酒的每一滴琉球朱色料都是他生命的清露。他在這點點滴滴之中，窺見了自身心魂的本貌。

時光匆匆流逝，正午已過，轉眼間和煦的春陽也漸次西斜。清吉一刻不曾稍歇，而小姑娘仍是酣睡依舊。由於遲遲未歸，青樓派了跟班來帶人回去，清吉隨口撂下一句「小姑娘老早就走啦」，打發了跟班。

隔河而望的土州藩邸上空高懸一輪明月。當如夢似幻的月光淌入沿岸家戶客廳的時候，刺青圖案僅僅完成不到一半，因而清吉時不時就得把燭芯挑得更亮一些。

每一滴色料的注入，他都毫不馬虎。每一次入針與提針，他總要深吸一口氣，彷彿被戳刺的是自己的心臟。針痕逐漸串兜成巨大的橫帶人面蜘蛛。直到夜空的東邊泛起白茫之際，小姑娘的背脊上已然盤踞著一隻伸出八條步足的詭異動物，妖氣撩人。

在來來往往的河舟搖櫓聲中，春夜迎來了曦光。晨風把白帆吹得圓鼓鼓的，帆頂透出隱隱的朝霞。直至中洲、箱崎和靈岸島一帶家家戶戶的屋瓦被照得發亮時，清吉總算擱下畫筆，凝神注視著紋在小姑娘背上的蜘蛛。這幅刺青便是他生命的一切。然而，在大功告成之後，他的心中卻只剩下無盡的空虛。

良久，兩條人影就這麼靜止不動。半晌過後，有個人開口了。儘管那個聲音低沉而乾澀，卻有著足以撼動四壁的威力。

「我在刺青中注入了自己的心魂，使妳變成真正的美女。從此以後，在這個日本國，沒有任何一個女人比妳更美。妳不必再像過去那樣畏畏縮縮的了。世上的每一個男人，都將淪為妳的肥料……」

小姑娘彷彿聽懂了這番話，發出了氣若游絲的呻吟，慢慢地恢復了神智。隨著她大口喘著粗氣，只見蜘蛛的步足也跟著伸縮扭動，栩栩如生。

「很疼吧？因為有隻蜘蛛牢牢地纏著妳的身軀。」

聽到這兩句話，小姑娘的上下眼瞼微微睜開一道縫，茫然無神。不久，她的眼眸宛如傍晚的月光一般愈來愈清亮，將面前這個男人的臉孔映得熠熠生輝。

「師傅，快讓我瞧瞧背上的紋身……既然您把命都給了我，想來我已成了一個大美人嘍……」

小姑娘囁嚅如夢囈，話語中卻蘊含著無窮的力量。

「別急，還得去浴池浸泡才能固色。疼得很，妳可得忍一忍哪！」

清吉湊向小姑娘的耳畔，輕聲安撫。

「只要能變美，不管多疼我都能忍！」

小姑娘忍著身上的劇痛，強顏歡笑。

「啊，傷口浸在熱水裡好疼呀！……師傅，求您扔下我，去二樓等候吧！我不想讓男人瞧見自己這副可憐兮兮的模樣。」

爬出浴池的小姑娘連擦抹身子都辦不到，奮力撥開清吉意欲攙扶的手。強烈的疼痛使她只能躺在地板上，猶如被囚困在夢魘裡那般呻吟。一頭濕答答的亂髮披散在面頰上。後方有一座鏡臺，鏡中映著已然蛻變為女人的她那雙雪白的腳底。

雖然女人迴異於昨日的堅決態度令清吉感到詫異，仍是按著她的意思回到二樓獨自等候。約莫半個時辰過後，他見到一個裝束整齊、濕髮披垂雙肩的女人上樓來了。此時的她已然舒展愁眉，倚著欄杆仰望那迷濛的蒼穹。

「這幅畫和身上的刺青一併送妳帶走，可以回去了。」

語畢，清吉將掛軸擺在女人的面前。

「師傅，我已不再是過去那個膽小的我了……您就是我最初的肥料！」

女人的眼中射出兩道銳利如劍的光芒，勝利的歌聲旋即在耳邊響起。

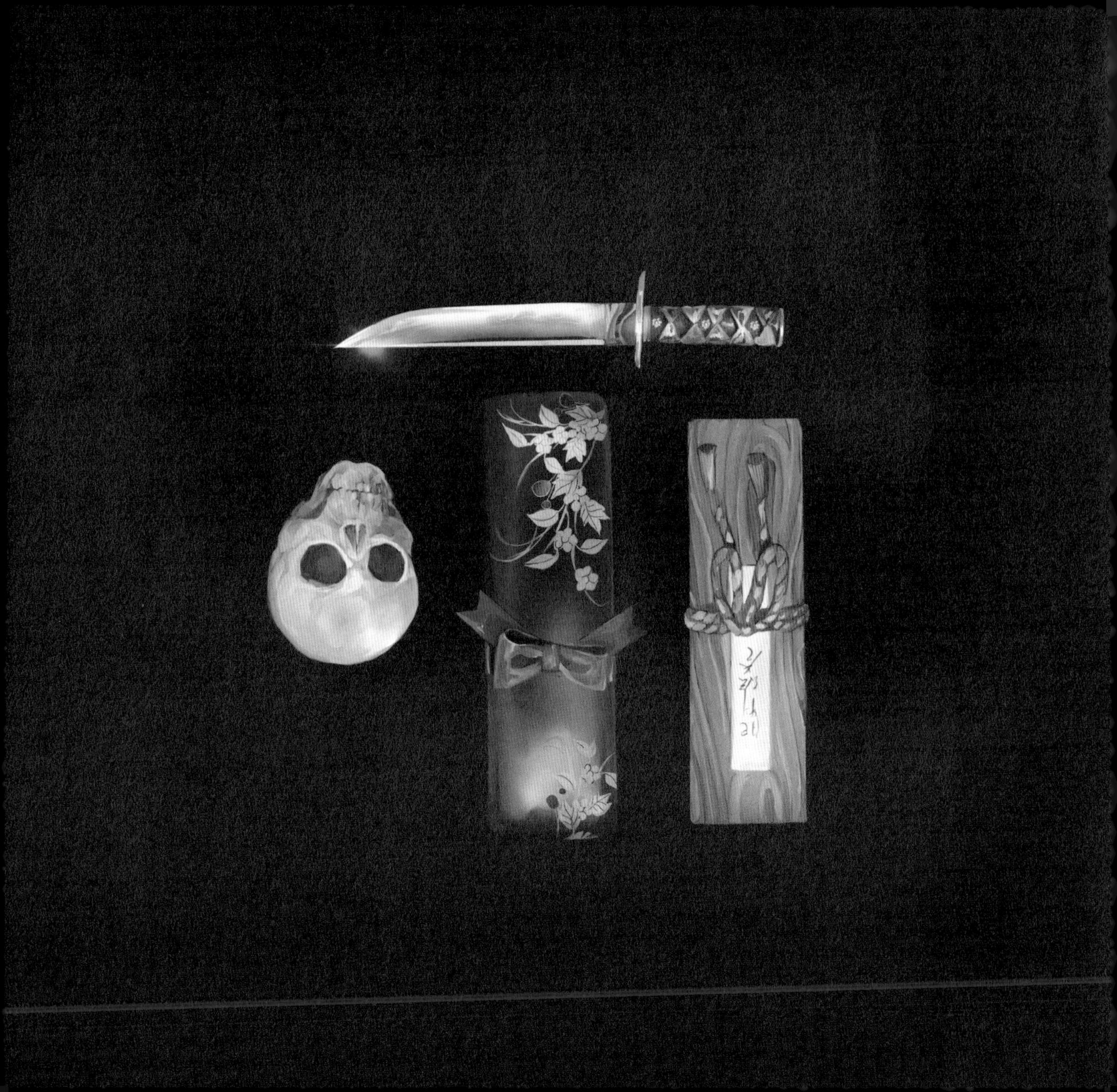

「臨走前，讓我再看一眼紋身。」

清吉提出了要求。

女人不作聲地點了頭，褪下衣裳。朝陽恰於此時直射而入，照著整幅刺青，使得女人的玉背閃爍著絢爛的光華。

＊本書之中，雖然包含以今日觀點而言恐為歧視用語或不適切的表現方式，但考慮到原著的歷史背景，予以原貌呈現。

譯註

第2頁

【新思潮】〔新思潮〕《新思潮》同人誌自1907年創刊後至1979年，期間曾多次休刊和復刊。谷崎潤一郎與同好於1910年的二度創刊或可稱為復刊。可惜因資金匱乏，於1911年休刊。

第4頁

【女定九郎、女自雷也以及女鳴神】〔女定九郎、女自雷也、女鳴神〕《女定九郎》為江戶時代後期的歌舞伎劇目，原標題為《忠臣藏後日建前》；《女自雷也》為江戶時代後期的附有插圖的通俗長篇小説合卷本，作者為東里山人，繪者為勝川春扇；《女鳴神》為江戶時代中期的歌舞伎劇目。這三部的原型作品皆以男性為主人公，改編之後的由女性擔任主人公，歌舞伎亦由男演員以女裝登場演出。

【馬道】〔馬道〕位於東京都淺草寺東側的一條熱鬧街道。江戶時代，騎乘馬匹的尋歡客會沿著這條路前往吉原妓院區，由此得名。

【辰巳】〔辰巳〕吉原是位於現今東京都台東區淺草北部的妓院區，辰巳是位於現今東京都江東區深川一帶的妓院區。

【建築工】〔鳶の者〕江戶時代，土木建築工人因善於在高處作業，通常會身兼當地的消防人員。

【兩國】〔両国〕位於現今東京都墨田區的地名。

第6頁

【茶利文、達磨金、唐草權太、達磨金】〔ちゃり文、達磨金、唐草権太〕茶利文、唐草權太與達磨金等人皆為1830年代的知名刺青師。

【國貞】〔国貞〕（1786～1864或1865）本名角田庄五郎，師事日本江戶時代浮世繪名門「歌川派」。

第14頁

【町】〔町〕日本舊制長度單位，一町約為109公尺。

第16頁

【岩井杜若】〔岩井杜若〕（1776～1847）江戶時代後期的歌舞伎演員，擅長男扮女裝。

第20頁

【大川】〔大川〕東京都隅田川的吾妻橋下游河流的俗稱。

【妹喜】〔末喜〕商紂寵妃為妲己，夏桀寵妃為妹喜（亦作末喜）。此處仍依原文翻譯。

第26頁

【大夫】〔和蘭医〕日本江戶幕府施行鎖國政策期間，唯一被官方允許在日經商的歐洲人為荷蘭人，西方的文化與知識從而傳入，通稱蘭學，而學習西方醫學的醫生被稱為蘭醫。

第30頁

【土州藩邸】〔土州屋敷〕土州即為土佐國，日本古代的令制國之一，相當於現今的四國高知縣一帶。江戶時代，土佐國由土佐藩治理，土州藩邸即為土佐藩在江戶的宅院。

解說

占有與被制約的翻轉——《刺青》／洪敍銘

在《少女的書架III》曾收錄了谷崎潤一郎的《祕密》，便已能讓讀者一窺他對於「身體」——特別是女性身體——的異想與描繪，筆者曾以「幻滅的鏡像」為題，探究谷崎如何以女體為地圖，以大量的內心獨白與人物癲狂的執念，遊走於犯罪邊緣，表現出時而匱缺、時而滿足的感官刺激與經驗。

《刺青》一書相較於《祕密》著重於身體的「移動」，更在於「鐫刻」，誠如小說主角的念想——「融於墨汁，滲入肌膚」；情節中年輕的刺青師傅尋覓著某個具有完美身形樣貌的女性身體，漫長而無法覓得的等待，積累益加強烈且濃烈的情感，在終於「擁有」這個身體之後，傾盡心魂地將他的「所有」，賦予了這個女體新的生命。

谷崎的《刺青》運用了相對簡單的故事軸線，但讀來卻節奏緊湊，高潮迭起。從理論上理解這種極具吸引力的閱讀感知，或許可以從對「逾越」的詮解作為線索。人文地理學家在探究人與人、人與物之關係產生變動的緣由時，常以日常經驗遭逢變動為線索，如Cresswell（1996）即提綱挈領地指出：「人、事物和實踐，往往與特殊地方有強烈的聯繫，當這種聯繫遭到破壞，他們就會被視為犯了『逾越』的罪刑」（引自克雷斯維爾，2006，頁47）。換言之，日常經驗的「逾越」，本身即是一種特別引人關注的感知，例如，「犯罪」，也是這種認知應用下的產物。

回到故事文本，刺青師在短短的情節敘事中，實不斷地經歷著這種逾越的翻轉。首先是他在深川不經意地瞥見一雙裸足，他「難掩興奮」、發狂地追逐，最終求而不可得的扼腕。小說中對刺青師的描繪是「自律的」、「具洞察力的」，也具有「不屑動針」的自我堅持；然而，一雙腳就讓他如此震撼而棄守他的原則，充分解釋他為何從「想望」而「愛慾」的情緒轉化。

其次，是他在一年後，終與姑娘相見的情景。這段敘述有趣地呈現出刺青師從「不識」而「識」的「恍然大悟」，正好也是整篇小說的敘事由「日常」轉向「異常」的關鍵。從文本中可知，刺青師起初並未認出被差遣來送物品的小姑娘的身分，才說出了「我們好像沒見過面？」的話語，也就是說，儘管眼前的女性風姿撩人，但真正使他心神蕩漾的關鍵，仍是姑娘坐下後，那雙讓他心心念念已久的雙足。在此，在時間遞嬗中逐漸沉澱的渴望，在那一瞬間便徹底的被點燃。這也映合了那兩卷畫軸詭異卻又具有致命吸引力的畫面，更深層地說，不論是妹喜的媚態，或是〈肥料〉的詭譎畫面，除了暗示刺青師內心的狂喜外，更象徵著女性身體與男性身體被翻轉的權力關係。

也因此，在「刺青」的情節描述之後，我們明顯地能夠看見刺青師和姑娘間的關係轉換：起初拿著針刺的刺青師取得關係的上位，不論是他誘惑她的內心慾念、侵入她的肌膚，甚至是愛憐地給予安撫，都看見了男性對女性身體的占有與支配；然而，姑娘卻也從一開始的被（脅）迫，到最後的「判若兩人」，最精采的對手戲，莫過於從「我不想讓男人瞧見自己這副可憐兮兮的模樣」的哀求，霎時間搖身一變成為「我已不再是過去那個膽小的我了……您就是我最初的肥料」的絢麗；這種對姑娘而言彷若「轉生」的過程，事實上也正好顛反了兩人的關係——即便刺青師賦予了她新的生命，但自此，他也將成為她的肥料了。

這種強制將異常情境轉化為日常的敘事策略，令讀者感到驚詫，而以「肥料」的象徵作結，除了淋漓盡致地表現刺青師的「得償宿願」之外，「生命」的注入進而「重生」，更側面地刻畫了人的「欲望」與「執念」的強大與危險——姑娘自此會重蹈妹喜的歷史覆轍嗎？〈肥料〉中女人貪婪地吸取著男性身體的養分、擺弄的勝利姿態，是真正地扭轉了歧視、偏見，或者還是陷於另一種的男性凝視？小說的結尾沒有給予答案，卻引發了更大的迴響與焦慮。

不僅是《刺青》中的女性角色充滿野性與誘惑，谷崎筆下的女人們大抵上都呈現出突破日本典型、傳統的形象與能量，因此她們往往在情節的最終，會表現出一種反過來壓制男性父權的主動力道，在男性與女性的互動過程與此消彼長的關係中，男性在看似征服的過程中深深地受到欲望的制約，女性也在看似受虐的過程中逐漸取得控制的優勢，這些糾結、複雜，兼具痛苦／歡快、匱乏／滿足的折磨，不僅衝擊日本自然主義的傳統敘事與文學觀，在本作被創作、發表的彼時，甚至也挑戰著社會價值觀以及對「私物語」的窺探與內在渴望；從這個角度來看，谷崎小說中的女性或女體書寫，展現出對於更大的時代敘事或社會環境體系的「逾越」，這除了與他的生命經歷中和不同女性曾有波瀾萬丈的關聯相關外，兩性間的「性」與「欲望」關係及其書寫，如何表現更深層的人性，以對應文學的本質及其深刻？也正是本作跌宕起伏的閱讀後，所留下的一種借鏡、一條考察徑路和能與世代間相互對讀的線索與可能。

參考資料

Cresswell, T. (1996). In place/out of place: Geography, ideology and transgression. Minneapolis: U of Minnesota Press.

克雷斯維爾（Cresswell, T.）（2006）。《地方：記憶、想像與認同》（王志弘、徐苔玲，譯）。群學。

解說者簡介／洪敍銘

文創聚落策展人、文學研究者與編輯。「托海爾：地方與經驗研究室」主理人，著有台灣推理研究專書《從「在地」到「台灣」：論「本格復興」前台灣推理小說的地方想像與建構》、〈理論與實務的連結：地方研究論述之外的「後場」〉等作，研究興趣以台灣推理文學發展史、小說的在地性詮釋為主。

『乙女の本棚III』
典藏壓紋書盒版

《女生徒》
太宰治＋今井キラ
《祕密》
谷崎潤一郎＋マツオヒロミ
《山月記》
中島敦＋ねこ助
《外科室》
泉鏡花＋ホノジロトヲジ

定價：1,600元

『乙女の本棚IV』
典藏壓紋書盒版

《K的昇天》
梶井基次郎＋しらこ
《春天乘坐於馬車上》
横光利一＋いとうあつき
《人間椅子》
江戸川亂步＋ホノジロトヲジ
《刺青》
谷崎潤一郎＋夜汽車

定價：1,600元

乙女の本棚系列

『與押繪一同旅行的男子』
江戶川亂步＋しきみ
定價：400元

『葉櫻與魔笛』
太宰治＋紗久楽さわ
定價：400元

『檸檬』
梶井基次郎＋げみ
定價：400元

『蜜柑』
芥川龍之介＋げみ
定價：400元

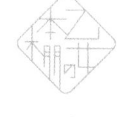

『夜長姬與耳男』
坂口安吾 + 夜汽車
定價：400 元

『瓶詰地獄』
夢野久作 + ホノジロトヲジ
定價：400 元

『貓町』
萩原朔太郎 + しきみ
定價：400 元

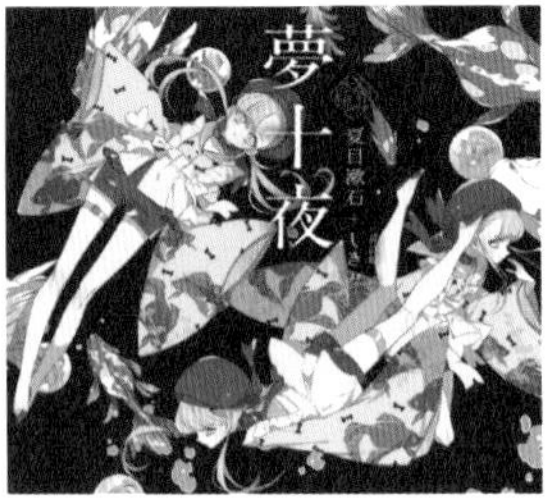

『夢十夜』
夏目漱石 + しきみ
定價：400 元

乙女の本棚系列

『女生徒』
太宰治＋今井キラ
定價：400元

『外科室』
泉鏡花＋ホノジロトヲジ
定價：400元

『山月記』
中島敦＋ねこ助
定價：400元

『祕密』
谷崎潤一郎＋マツオヒロミ
定價：400元

『K的昇天』
梶井基次郎＋しらこ
定價：400元

『人間椅子』
江戶川亂步＋ホノジロトヲジ
定價：400元

『春天乘坐於馬車上』
橫光利一＋いとうあつき
定價：400元

『刺青』
谷崎潤一郎＋夜汽車
定價：400元

譯者

吳季倫

曾任出版社編輯，目前任教於文化大學中日筆譯培訓班。譯有夏目漱石、谷崎潤一郎、太宰治、三島由紀夫、宮部美幸等多部名家作品。

TITLE

刺青

STAFF

出版	瑞昇文化事業股份有限公司
作者	谷崎潤一郎
繪師	夜汽車
譯者	吳季倫
總編輯	郭湘齡
責任編輯	張聿雯
美術編輯	許菩真
排版	許菩真
製版	明宏彩色照相製版有限公司
印刷	桂林彩色印刷股份有限公司
法律顧問	立勤國際法律事務所　黃沛聲律師
戶名	瑞昇文化事業股份有限公司
劃撥帳號	19598343
地址	新北市中和區景平路464巷2弄1-4號
電話	(02)2945-3191
傳真	(02)2945-3190
網址	www.rising-books.com.tw
Mail	deepblue@rising-books.com.tw
初版日期	2022年11月
定價	400元

國家圖書館出版品預行編目資料

刺青/谷崎潤一郎作；吳季倫譯. -- 初版.
-- 新北市：瑞昇文化事業股份有限公司,
2022.11
60面；18.2X16.4公分

ISBN 978-986-401-587-0(精裝)

861.57　　111015296